恋愛論

坂口安吾＋しきみ

初出：「婦人公論」1947年4月

坂口安吾

明治39年（1906年）新潟県生まれ。東洋大学文学部印度哲学倫理学科卒。アテネ・フランセにも通う。1955年死去。代表作に『堕落論』、「白痴」などがある。「乙女の本棚」シリーズでは本作のほかに、『桜の森の満開の下』（坂口安吾＋しきみ）、『夜長姫と耳男』（坂口安吾＋夜汽車）がある。

しきみ

イラストレーター。東京都在住。『刀剣乱舞』など、有名オンラインゲームのキャラクターデザインのほか、多くの書籍の装画やファッションブランドとのコラボレーションを手がけている。著書に『夜叉ヶ池』、『悪魔』、『詩集『青猫』より』、『魔術師』、『桜の森の満開の下』、『夢十夜』、『押絵と旅する男』、『猫町』、『夜話 Forgotten Fables』、『獏の国』がある。

恋愛とはいかなるものか、私はよく知らない。そのいかなるものであるかを、一生の文学に探しつづけているようなものなのだから。

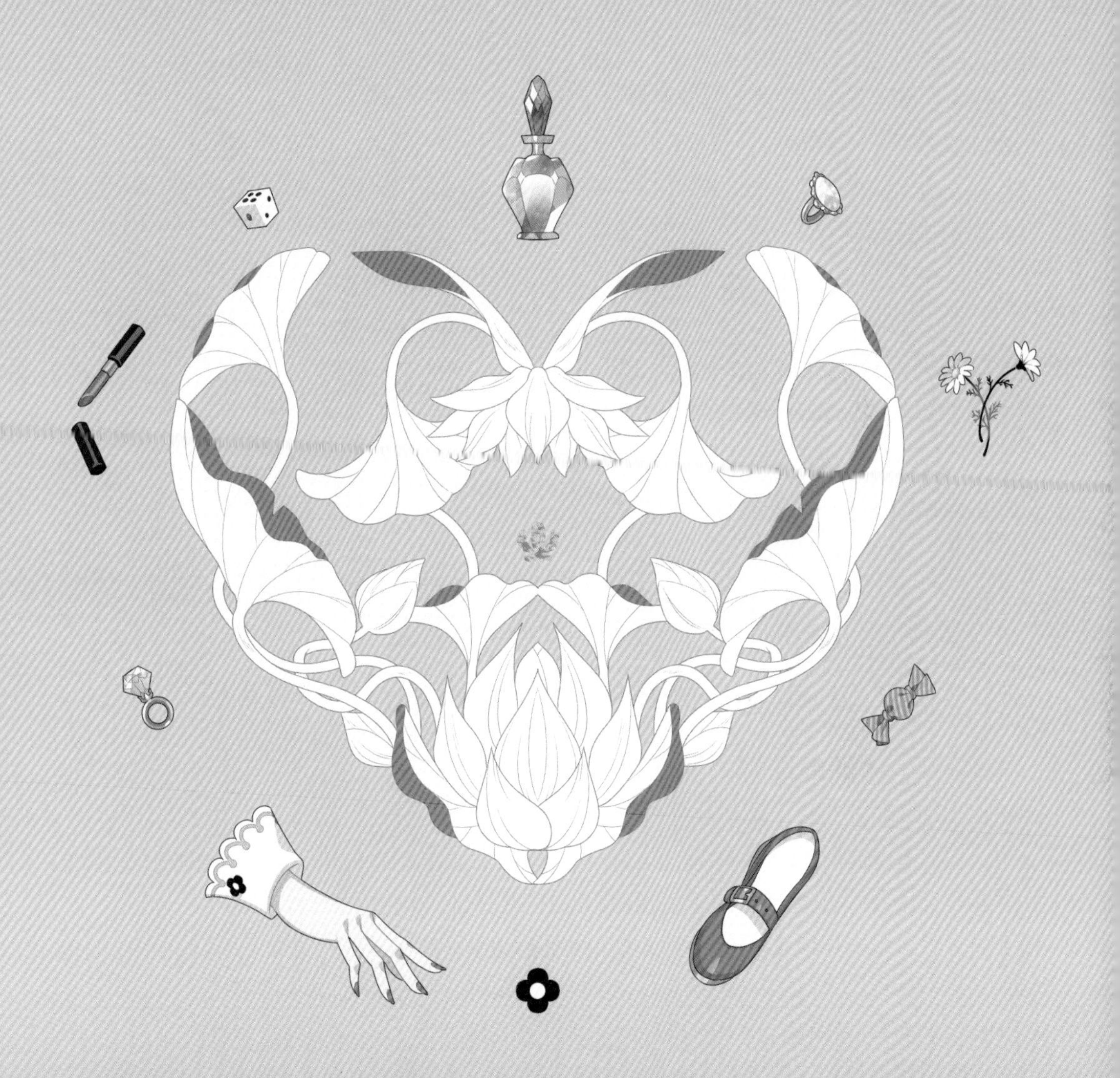

誰しも恋というものに突きあたる。あるいは突きあたらずに結婚する人もあるかもしれない。やがてしかし良人（おっと）は妻を愛す。あるいは生れた子供を愛す。家庭そのものを愛す。金を愛す。着物を愛す。

私はフザけているのではない。

日本語では、恋と、愛という語がある。いくらかニュアンスがちがうようだ。あるいは二つをずいぶん違ったように解したり感じたりしている人もあるだろう。外国では（私の知るヨーロッパの二三の国では）愛も恋も同じで、人を愛すという同じ言語で愛すという。日本では、人を愛し、人を恋しもするが、通例物を恋すとはいわない。まれに、そういう時は、愛すと違った意味、もう少し強烈な、狂的な力がこめられているような感じである。

もっとも、恋す、という語には、いまだ所有せざるものに思いこがれるようなニュアンスもあり、愛すというと、もっと落ちついて、静かで、澄んでいて、すでに所有したものを、いつくしむような感じもある。だから恋すという語には、もとめるはげしさ、狂的な祈願がこめられているような趣（おもむ）きでもある。私は辞書をしらべたわけではないのだが、しかし、恋と愛の二語に歴史的な、区別され限定された意味、ニュアンスが明確に規定されているようには思われぬ。

昔、切支丹（キリシタン）が初めて日本に渡来したころ、この愛という語で非常に苦労したという話がある。あちらでは愛すは好むで、人を愛す、物を愛す、みな一様に好むという平凡な語が一つあるだけだ。ところが、日本の武士道では、不義はお家の御法度（ごはっと）で、色恋というと、すぐ不義とくる。恋愛はよこしまなものにきめられていて、清純な意味が愛の一字にふくまれておらぬのである。切支丹は愛を説く。神の愛、キリストの愛、けれども、愛は不義につらなるニュアンスが強いのだから、この訳語に困惑したので、苦心のあげくに発明したのが、大切という言葉だ。すなわち「神（デウス）のご大切」「キリストのご大切」と称し、余（よ）は汝（なんじ）を愛す、というのを、余は汝を大切に思う、と訳したのである。

実際、今日われわれの日常の慣用においても、愛とか恋は何となく板につかない言葉の一つで、僕はあなたを愛します、などというと、舞台の上でウワの空にしゃべっているような、われわれの生活の地盤に密着しない空々しさが感じられる。愛す、というのは何となくキザだ。そこで、僕はあなたがすきだ、という。この方がホンモノらしい重量があるような気がするから、要するに英語のラヴと同じ結果になるようだが、しかし、日本語のすきだ、だけでは力不足の感があり、チョコレートなみにしかすきでないような物たりなさがあるから、しかたなしに、とてもすきなんだ、と力むことになる。

日本の言葉は明治以来、外来文化に合わせて間に合わせた言葉が多いせいか、言葉の意味と、それがわれわれの日常に慣用される言葉のイノチがまちまちであったり、同義語が多様でその各々に靄(もや)がかかっているような境界線の不明確な言葉が多い。これを称して言葉の国というべきか、われわれの文化がそこから御利益(ごりやく)を受けているか、私は大いに疑っている。

ANGO
MILK
CHOCOLATE
RENAIRON

惚れたというと下品になる、愛すというといくらか上品な気がする。下品な恋、上品な恋、あるいは実際いろいろの恋があるのだろうから、惚れた、愛した、こう使いわけて、たった一字の動詞で簡単明瞭に区別がついて、日本語は便利のようだが、しかし、私はあべこべの不安を感じる。すなわち、たった一語の使いわけによって、いともあざやかに区別をつけてそれですましてしまうだけ、物自体の深い機微、独特な個性的な諸表象を見のがしてしまう。言葉にたよりすぎ、言葉にまかせすぎ、物自体に即して正確な表現を考え、つまりわれわれの言葉は物自体を知るための道具だという、考え方、観察の本質的な態度をおろそかにしてしまう。要するに、日本語の多様性は雰囲気的でありすぎ、したがって、日本人の心情の訓練をも雰囲気的にしている。われわれの多様な言葉はこれをあやつるにはきわめて自在豊饒な心情的沃野を感じさせてたのもしい限りのようだが、実はわれわれはそのおかげで、わかったようなわからぬような、万事雰囲気ですまして卒業したような気持になっているだけの、原始詩人の言論の自由に恵まれすぎて、原始さながらのコトダマのさきはふ国に、文化の借り衣裳をしているようなものだ。

人は恋愛というものに、特別雰囲気を空想しすぎているようだ。しかし、恋愛は、言葉でもなければ、雰囲気でもない。ただ、すきだ、ということの一つなのだろう。すきだ、という心情に無数の差があるかもしれぬ。その差の中に、すき、と、恋との分があるのかもしれないが、差は差であって、雰囲気ではないはずである。

恋愛というものは常に一時の幻影で、必ず亡び、さめるものだ、ということを知っている大人の心は不幸なものだ。

若い人たちは同じことを知っていても、情熱の現実の生命力がそれを知らないが、大人はそうではない、情熱自体が知っている。恋は幻だということを。


年齢には年齢の花や果実があるのだから、恋は幻にすぎないという事実については、若い人々は、ただ、承った、ききおく、という程度でよろしいのだと私は思う。

ほんとうのことというものは、ほんとうすぎるから、私はきらいだ。死ねば白骨になるという。死んでしまえばそれまでだという。こういうあたりまえすぎることは、無意味であるにすぎないものだ。

教訓には二つあって、先人がそのために失敗したから後人はそれをしてはならぬ、という意味のものと、先人はそのために失敗し後人も失敗するにきまっているが、さればといって、だからするなとはいえない性質のものと、二つである。

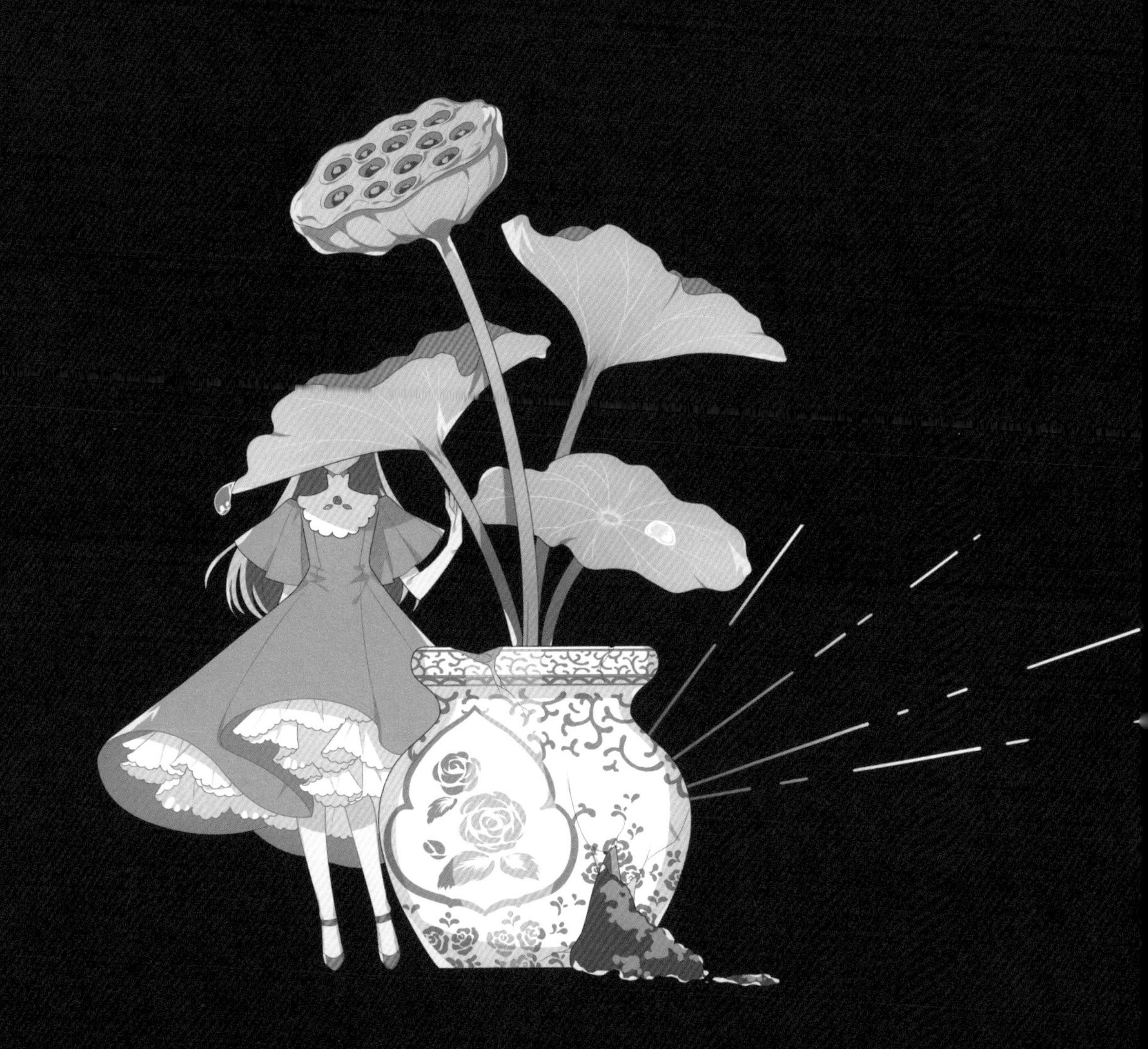

恋愛は後者に属するもので、所詮幻であり、永遠の恋などは嘘の骨頂だとわかっていても、それをするな、といい得ない性質のものである。それをしなければ人生自体がなくなるようなものなのだから。つまりは、人間は死ぬ、どうせ死ぬものなら早く死んでしまえということが成り立たないのと同じだ。

私はいったいに万葉集、古今集の恋歌などを、真情が素朴純粋に吐露されているというので、高度の文学のようにいう人々、そういう素朴な思想が嫌いである。

極端にいえば、あのような恋歌は、動物の本能の叫び、犬や猫がその愛情によって吠え鳴くことと同断で、それが言葉によって表現されているだけのことではないか。

恋をすれば、夜もねむれなくなる。別れたあとは死ぬほど苦しい。手紙を書かずにはいられない。その手紙がどんなにうまく書かれたにしても、猫の鳴き声と所詮は同じことなので、以上の恋愛の相は万代不易の真実であるが、真実すぎるから特にいうべき必要はないので、恋をすれば誰でもそうなる。きまりきったことだから、勝手にそうするがいいだけの話だ。

初恋だけがそうなのではなく、何度目の恋でも、恋は常にそういうもので、得恋は失恋と同じこと、眠れなかったり、死ぬほど切なく不安であったりするものだ。そんなことは純情でもなんでもない、一二年のうちには、また、別の人にそうなるのだから。

私たちが、恋愛について、考えたり小説を書いたりする意味は、こういう原始的な（不変な）心情のあたりまえの姿をつきとめようなどということではない。

人間の生活というものは、めいめいが建設すべきものなのである。めいめいが自分の人生を一生を建設すべきものなので、そういう努力の歴史的な足跡が、文化というものを育ててあげてきた。恋愛とても同じことで、本能の世界から、文化の世界へひきだし、めいめいの手によってこれを作ろうとするところから、問題がはじまるのである。

A君とB子が恋をした。二人は各々ねむられぬ。別れたあとでは死ぬほど苦しい。手紙を書く、泣きぬれる。そこまでは、二人の親もそのまた先祖も、孫も子孫も変りがないから、文句はいらぬ。しかし、これほど恋しあう御両人も、二三年後には御多分にもれず、つかみあいの喧嘩もやるし、別の面影を胸に宿したりするのである。何かよい方法はないものかと考える。

しかし、大概そこまでは考えない。そしてA君とB子は結婚する。はたして、例外なく倦怠し、仇心も起きてくる。そこで、どうすべきかと考える。

その解答を私にだせといっても、無理だ。私は知らない。私自身が、私自身だけの解答を探しつづけているにすぎないのだから。

私は妻ある男が、良人ある女が、恋をしてはいけないなどとは考えていない。

人は捨てられた一方に同情して、捨てた一方を憎むけれども、捨てなければ捨てないために、捨てられた方と同価の苦痛を忍ばねばならないので、なべて失恋と得恋は苦痛において同価のものだと私は考えている。

私はいったいに同情はすきではない。同情して恋をあきらめるなどというのは、第一、暗くて、私はいやだ。

私は弱者よりも、強者を選ぶ。積極的な生き方を選ぶ。この道が実際は苦難の道なのである。なぜなら、弱者の道はわかりきっている。暗いけれども、無難で、精神の大きな格闘が不要なのだ。

しかしながら、いかなる真理も決して万人のものではないのである。人はおのおの個性が異なり、その環境、その周囲との関係が常に独自なものなのだから。

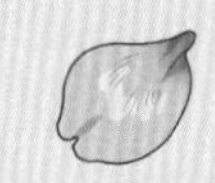

私たちの小説が、ギリシャの昔から性懲りもなく恋愛を堂々めぐりしているのも、個性が個性自身の解決をする以外に手がないからで、何か、万人に適した規則が有って恋愛を割りきることができるなら、小説などは書く要もなく、また、小説の存する意味もないのである。

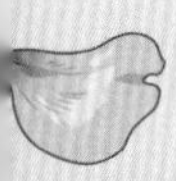

しかし、恋愛には規則はないとはいうものの、実は、ある種の規則がある。それは常識というものだ。または、因習というものである。この規則によって心のみたされず、その偽りに服しきれない魂が、いわば小説を生む魂でもあるのだから、小説の精神は常に現世に反逆的なものであり、よりよきなにかを探しているものなのである。しかし、それは作家の側からのいい分であり、常識の側からいえば、文学は常に良俗に反するものだ、ということになる。

恋愛は人間永遠の問題だ。人間ある限り、その人生の恐らく最も主要なるものが恋愛なのだろうと私は思う。人間永遠の未来に対して、私が今ここに、恋愛の真相などを語りうるものでなく、またわれわれが、正しき恋などというものを未来に賭けて断じうるはずもないのである。

ただ、われわれは、めいめいが、めいめいの人生を、せい一ぱいに生きること、それをもって自らだけの真実を悲しく誇り、いたわらねばならないだけだ。

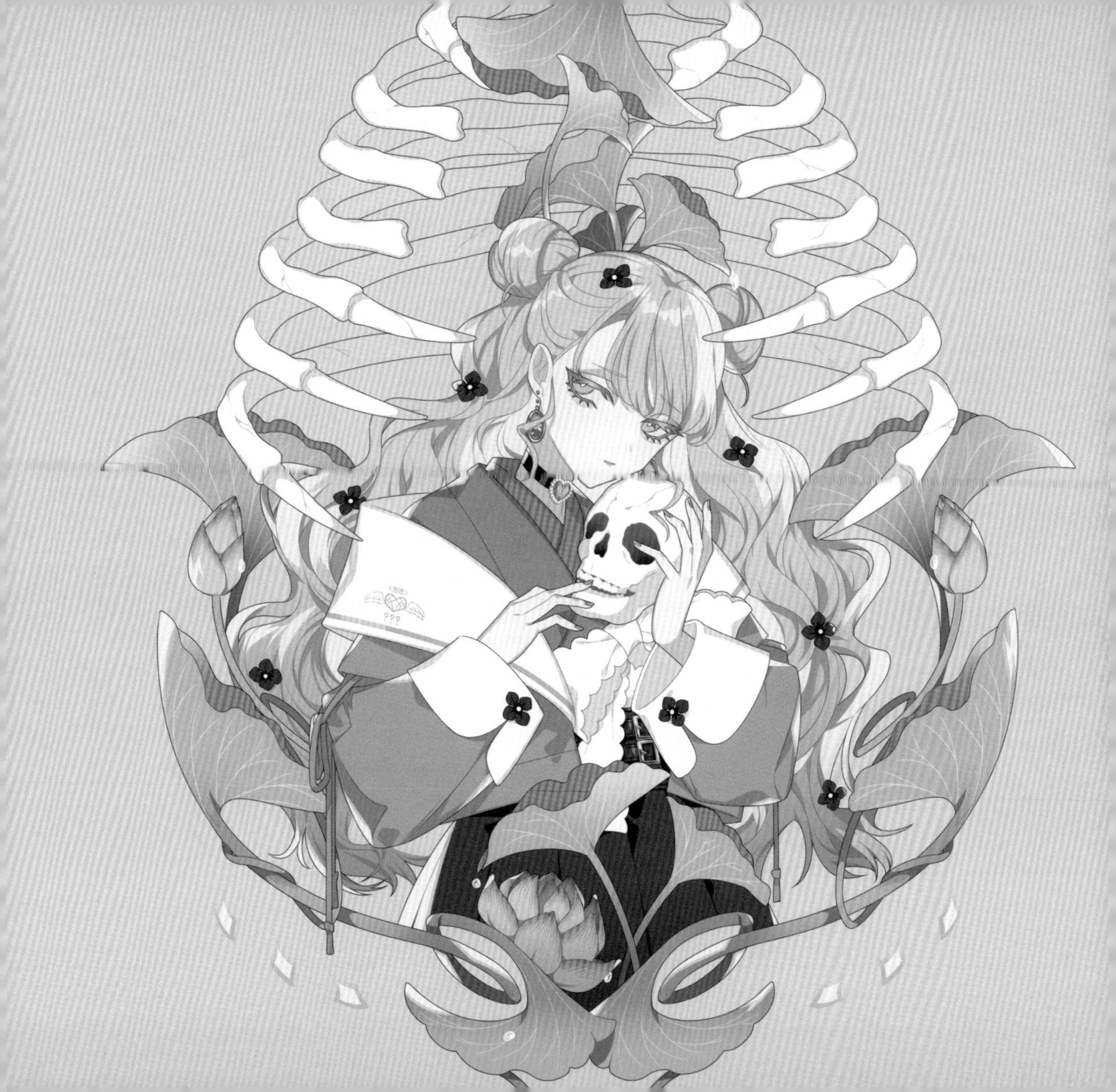

問題は、ただ一つ、みずからの真実とは何か、という基本的なことだけだろう。

それについても、また、私は確信をもっていいうる言葉をもたない。ただ、常識、いわゆる醇風良俗なるものは真理でもなく正義でもないということで、醇風良俗によって悪徳とせられること必ずしも悪徳ではなく、醇風良俗によって罰せられるよりも、自我みずからによって罰せられることを怖るべきだ、ということだけはいい得るだろう。

しかし、人生は由来、あんまり円満多幸なものではない。愛する人は愛してくれず、欲しいものは手に入らず、概してそういう種類のものであるが、それぐらいのことは序の口で、人間には「魂の孤独」という悪魔の国が口をひろげて待っている。強者ほど、大いなる悪魔を見、争わざるを得ないものだ。

人の魂は、何物によっても満たし得ないものである。特に知識は人を悪魔につなぐ糸であり、人生に永遠なるもの、裏切らざる幸福などはあり得ない。限られた一生に永遠などとはもとより嘘にきまっていて、永遠の恋などと詩人めかしていうのも、単にある主観的イマージュを弄ぶ言葉の綾だが、こういう詩的陶酔は決して優美高尚なものでもないのである。

人生においては、詩を愛するよりも、現実を愛することから始めなければならぬ。もとより現実は常に人を裏ぎるものである。しかし、現実の幸福を幸福とし、不幸を不幸とする、即物的な態度はともかく厳粛なものだ。詩的態度は不遜（ふそん）であり、空虚である。物自体が詩であるときに、初めて詩にイノチがありうる。

プラトニック・ラヴと称して、精神的恋愛を高尚だというのも妙だが、肉体は軽蔑しない方がいい。肉体と精神というものは、常に二つが互に他を裏切ることが宿命で、われわれの生活は考えること、すなわち精神が主であるから、常に肉体を裏切り、肉体を軽蔑することに馴れているが、精神はまた、肉体に常に裏切られつつあることを忘るべきではない。どちらも、いい加減なものである。

人は恋愛によっても、みたされることはないのである。何度、恋をしたところで、そのつまらなさが分る外には偉くなるということもなさそうだ。むしろその愚劣さによって常に裏切られるばかりであろう。そのくせ、恋なしに、人生は成りたたぬ。所詮人生がバカげたものなのだから、恋愛がバカげていても、恋愛のひけめになるところもない。バカは死ななきゃ治らない、とかいうが、われわれの愚かな一生において、バカは最も尊いものであることも、また銘記(めいき)しなければならない。

人生において、最も人を慰めるものは何か。苦しみ、悲しみ、せつなさ。さすれば、バカを怖れたもうな。苦しみ、悲しみ、切なさによって、いささか、みたされる時はあるだろう。それにすら、みたされぬ魂があるというのか。

ああ、孤独。
それをいいたもうなかれ。孤独は、
人のふるさとだ。恋愛は、人生の花
であります。いかに退屈であろうと
も、この外に花はない。

※本書には、現在の観点から見ると差別用語と取られかねない表現が含まれていますが、原文の歴史性を考慮してそのままとしました。

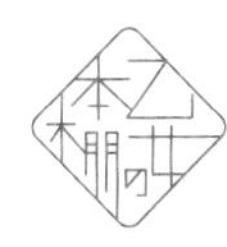

乙女の本棚シリーズ

『悪魔　乙女の本棚作品集』

しきみ

定価：2420円（本体2200円+税10%）

［左上から］

『女生徒』太宰治 + 今井キラ／『猫町』萩原朔太郎 + しきみ
『葉桜と魔笛』太宰治 + 紗久楽さわ
『檸檬』梶井基次郎 + げみ
『押絵と旅する男』江戸川乱歩 + しきみ
『瓶詰地獄』夢野久作 + ホノジロトヲジ
『蜜柑』芥川龍之介 + げみ／『夢十夜』夏目漱石 + しきみ
『外科室』泉鏡花 + ホノジロトヲジ
『赤とんぼ』新美南吉 + ねこ助
『月夜とめがね』小川未明 + げみ
『夜長姫と耳男』坂口安吾 + 夜汽車
『桜の森の満開の下』坂口安吾 + しきみ
『死後の恋』夢野久作 + ホノジロトヲジ
『山月記』中島敦 + ねこ助
『秘密』谷崎潤一郎 + マツオヒロミ
『魔術師』谷崎潤一郎 + しきみ
『人間椅子』江戸川乱歩 + ホノジロトヲジ
『春は馬車に乗って』横光利一 + いとうあつき
『魚服記』太宰治 + ねこ助
『刺青』谷崎潤一郎 + 夜汽車
『詩集『抒情小曲集』より』室生犀星 + げみ
『Kの昇天』梶井基次郎 + しらこ
『詩集『青猫』より』萩原朔太郎 + しきみ
『春の心臓』イェイツ（芥川龍之介訳）+ ホノジロトヲジ
『鼠』堀辰雄 + ねこ助
『詩集『山羊の歌』より』中原中也 + まくらくらま
『人でなしの恋』江戸川乱歩 + 夜汽車
『夜叉ヶ池』泉鏡花 + しきみ
『待つ』太宰治 + 今井キラ／『高瀬舟』森鷗外 + げみ
『ルルとミミ』夢野久作 + ねこ助
『駈込み訴え』太宰治 + ホノジロトヲジ
『木精』森鷗外 + いとうあつき
『黒猫』ポー（斎藤寿葉訳）+ まくらくらま
『恋愛論』坂口安吾 + しきみ

全て定価：1980円（本体1800円+税10%）

恋愛論

2023年12月15日　第1版1刷発行

著者　坂口 安吾
絵　しきみ

編集・発行人　松本 大輔
編集長　山口 一光
デザイン　根本 綾子(Karon)
協力　神田 岬
担当編集　切刀 匠

発行：立東舎
発売：株式会社リットーミュージック
〒101-0051 東京都千代田区神田神保町一丁目105番地

印刷・製本：株式会社広済堂ネクスト

【本書の内容に関するお問い合わせ先】
info@rittor-music.co.jp
本書の内容に関するご質問は、Eメールのみでお受けしております。
お送りいただくメールの件名に「恋愛論」と記載してお送りください。
ご質問の内容によりましては、しばらく時間をいただくことがございます。
なお、電話やFAX、郵便でのご質問、本書記載内容の範囲を超えるご質問につきましてはお答えできませんので、
あらかじめご了承ください。

【乱丁・落丁などのお問い合わせ】
service@rittor-music.co.jp

Printed in Japan　ISBN978-4-8456-3953-3
定価1,980円(1,800円+税10%)